REX MUNDI
Livro Cinco

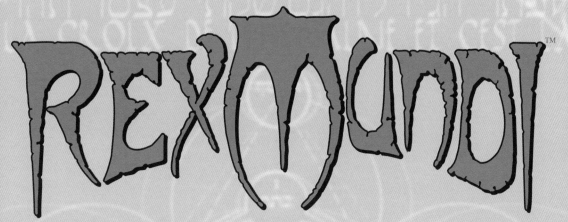

· LIVRO CINCO ·

O Vale do Fim do Mundo

escritor **ARVID NELSON**
artista **JUAN FERREYRA**
artista do prólogo **JIM DI BARTOLO**

Rex Mundi é uma criação de **ARVID NELSON E ERIC J**

DEVIR

DEVIR

Rua Teodureto Souto, 624 - Cambuci
CEP: 01539-000 - São Paulo - SP - Brasil
Telefone: (11) 2127-8787
Site: www.devir.com.br / SAC: sac@devir.com.br

Diretor Editorial: Rui A. Santos
Coordenador Editorial: Paulo Roberto Silva Jr.
Editor: Leandro Luigi Del Manto
Editor-assistente: Marcelo Salomão
Letrista: Paulo Cesar Tavares
Tradutor e Revisor: Marquito Maia
Assessora de Imprensa: Maria Luzia Kemen Candalaft
(imprensa@devir.com.br)

REX MUNDI - LIVRO CINCO: O VALE DO FIM DO MUNDO ™ e © 2018 Arvid Nelson. Todos os direitos reservados. REX MUNDI™ (incluindo todos os personagens principais apresentados neste volume) e seu logotipo são marcas registradas de Arvid Nelson, exceto quando indicado. É proibida a reprodução total ou parcial do conteúdo desta obra, por quaisquer meios existentes ou que venham a ser criados no futuro, sem a autorização prévia por escrito dos editores, exceto para fins de divulgação. Os nomes, personagens, lugares e incidentes apresentados nesta publicação são inteiramente fictícios. Qualquer semelhança com pessoas reais (vivas ou mortas), eventos, instituições ou locais, exceto para fins satíricos, é coincidência. Dark Horse Books® e o logotipo Dark Horse são marcas registradas da Dark Horse Comics, Inc. Todos os direitos para a língua portuguesa reservados à DEVIR Livraria Ltda.

Este livro reúne as edições #s 6 a 12 de *Rex Mundi* originalmente publicadas pela Dark Horse Comics, e a história "Fragilidade", que apareceu em *MySpace Dark Horse Presents* publicada online por *Dark Horse Comics* e *MySpace*.

1ª edição: Março de 2018

ISBN: 978-85-7532-694-7

Dados Internacionais de Catalogação na Publicação (CIP)
(Câmara Brasileira do Livro, SP, Brasil)

Nelson, Arvid
 Rex mundi : livro cinco : o vale do fim do mundo / escritor Arvid Nelson ; artista Juan Ferreyra ; criação de Arvid Nelson e EricJ ; [tradução Marquito Maia]. -- São Paulo : Devir, 2018.

 Título original: Rex mundi : book 5 : the valley at the end of the world. / ISBN: 978-85-7532-694-7

 1. Histórias em quadrinhos I. Ferreyra, Juan. II. EricJ. III. Título.

18-12766   CDD-741.5

Índices para catálogo sistemático:
 1. Histórias em quadrinhos   741.5

O INSÓLITO ESTÁ PERTO DE VOCÊ

de Jim Uhls

OU SEJA, O "WYRD"* ESTÁ PERTO DE VOCÊ. Isso pode significar que algo estranho e tangível está bem próximo de você, ou que você está à beira de uma estranha revelação. Mas o significado de "Wyrd" não se limita a "estranho". Trata-se de um substantivo inglês antigo, que originalmente significava "mudança". Aquilo em que pode se tornar está perto de você – a sua metamorfose – a sua transformação em futura personalidade. É um acontecimento que vai alterar sua química, seu cenário mental e sua visão do mundo.

Todas essas definições se aplicam perfeitamente a *Rex Mundi*. O "Wyrd", um fenômeno europeu, é uma entidade viva, uma personificação da estranheza e do destino, que atravessa inexoravelmente as páginas deste livro. É inevitável cruzar seu caminho diversas vezes.

O "destino" implicado na palavra não é o de predestinação. É algo elástico, maleável. Quando confrontado com tal situação, pode-se escolher muitas maneiras de se lidar com isso. Uma vez que a escolha é feita, tem início a "mudança".

Julien Saunière procura incansavelmente a verdade oculta na escuridão sombria. E, à medida que descobre mais pistas, ele se transforma. Mal conseguimos acompanhar seu ritmo, pois o mundo ao qual ele está acostumado é algo surpreendente e inspirador para nós: uma realidade alternativa, onde os grande eventos da História aconteceram de forma diferente. O "Wyrd" veio ao nosso encontro no portão de largada. Com nossos passos um tanto quanto inseguros, prosseguimos, acompanhando a jornada de Julien.

Rex Mundi é um mistério místico, arqueológico, religioso e sociológico – com momentos agudos de horror. É um tipo raro e diferente de horror – um medo profundo de descobrir o que não queremos saber – de que tudo o que acreditávamos ser sagrado é, na verdade, profano; e o que considerávamos blasfêmia é, de fato, uma verdade destruidora de paradigmas. Ao contrário dos sustos e arrepios do horror padrão, esta experiência parece escancarar nossas portas interiores de proteção espiritual, permitindo que qualquer tipo de mal nos alcance, não nos deixando repousar nos braços da fé. Obviamente, Julien percebe isso – e sua crescente intensidade – enquanto continua seguindo em frente, passando por situações diante das quais provavelmente recuaríamos.

O mundo alternativo é mais do que um pano de fundo. A genialidade da ideia é que isso serve para mostrar a maleabilidade do destino ao longo de uma história em que o homem escolhe caminhos diferentes, enquanto, ao mesmo tempo, comprova o significado alternativo da palavra destino: predestinação. Nós começamos a notar que os acontecimentos que se desenrolam são semelhantes aos que aconteceram no nosso mundo real – a ascensão de um ditador que aspira à dominação global, e a marcha rumo a uma guerra mundial.

Aqui, no quinto volume de *Rex Mundi*, vemos Julien fazendo escolhas o tempo todo, tentando solucionar um mistério e se manter vivo. Ele encara o "Wyrd" e altera direções – onde algumas são positivas, e outras assustadoramente desfavoráveis. Mas pode existir uma característica predestinada em relação ao seu destino: talvez ele esteja fadado unicamente a penetrar no coração das trevas e combater o mal inconcebível.

Jim Uhls estreou como roteirista de cinema no filme *Clube da Luta* (1999) e colaborou com David S. Goyer em *Jumper* (2008). Ele também esteve envolvido na produção do roteiro do longa *Rex Mundi* para a Dark Horse Entertainment e a produtora de Johnny Depp, Infinitum Nihil.

(*) O título original da introdução é "The weird is near you". "Weird" é uma derivação de "wyrd", que basicamente significa destino.

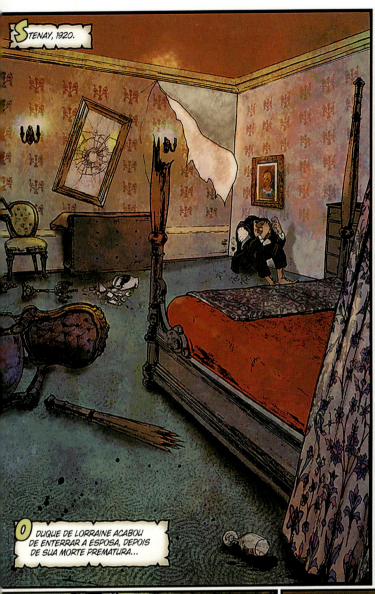

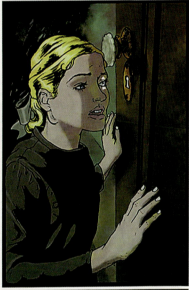

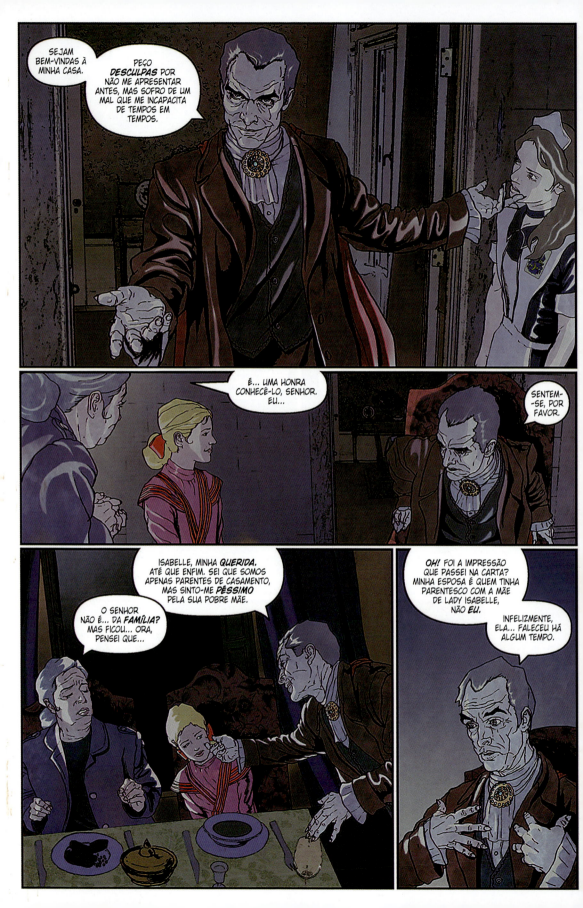

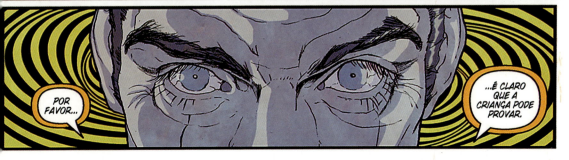

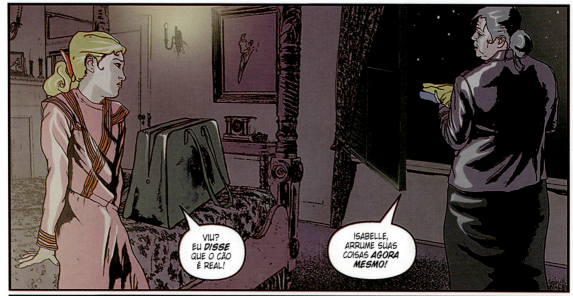

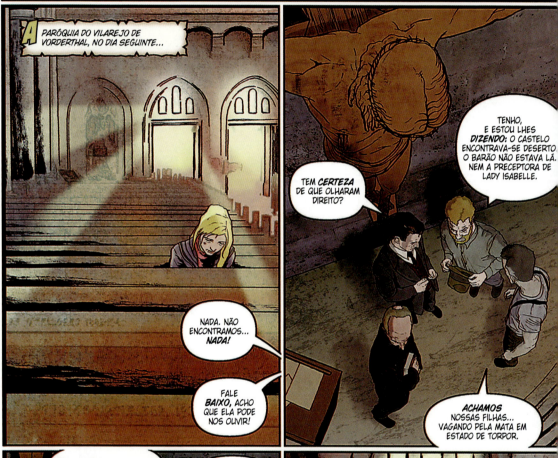

Le Journal de la Liberté

O principal jornal anglófono de Paris - vol. 192, nº 150 - 7 de junho, MCMXX

Editores-chefes: M. Tait Bergstrom, M. Matthew Pasteris. **Editor:** M. Arvid Nelson. **Editores de Arte:** M. Juan Ferreyra. **Editor de Fotografia:** M. Alexander Waldman. **Supervisor de Layout:** M. William Kartalopoulos.
Editores Eméritos: M. Jules Verne, M. H.G. Wells, Mme. Mary Shelley. Redigido pela Santa Inquisição sob a direção de Sua Excelência o Arcebispo Emile-Jean Ireneaux. *Le Journal de la Liberté* é impresso sob os benévolos auspícios de Sua mais pujante Majestade REI LUÍS XXII da FRANÇA.

Selo Papal ✠ DEUS SALVE O REI ✠ de Aprovação

REBELDES ARGELINOS MATAM CIDADÃOS FRANCESES

Nativos argelinos leais ajudam tropas coloniais francesas na recuperação de locomotiva saqueada.

Cavaleiros rebeldes em marcha no árido interior argelino.

Rebeldes Atacam Trem de Passageiros nos Arredores de El Ménia; Cinco Cidadãos Franceses são Mortos

Argel – Ontem pela manhã, um regimento de *spahis* do exército francês, patrulhando a região vizinha à El Ménia, avistou uma coluna de fumaça ao longe. Eles foram investigar e se depararam com um cenário de carnificina.

Rebeldes islâmicos haviam investido contra um trem de passageiros francês a caminho de Argel e o transformado em uma ruína fumegante. Várias dezenas de corpos carbonizados encontravam-se espalhados nas proximidades, incluindo os de cinco cidadãos franceses. Mulheres e crianças estavam entre as vítimas fatais francesas.

O Rei Luís expressou seu repúdio ao ato de violência.

"Tomaremos as medidas mais severas possíveis para responder à esse grave ataque contra a sociedade francesa", ele disse.

Os autores não foram apreendidos e suspeita-se que estejam escondidos entre a população de uma cidade próxima. Henri Eugène Philippe Louis d'Orleans, Duque de Aumale e Governador-Geral da Argélia, jurou que vai caçá-los até o fim.

"As pessoas que fizeram isso não passam de bandidos, e a população que os protege não fica muito atrás", ele declarou.

O duque afirmou que vai "interrogar energicamente" os habitantes de El Ménia até que os responsáveis sejam encontrados. Ele também disse que represálias contra os moradores da cidade não tardariam a ocorrer. "Para cada cidadão francês morto, vamos exterminar dez deles", ele acrescentou.

Emboscadas desse tipo estão se tornando muito comuns na Argélia, à medida que nacionalistas e fundamentalistas islâmicos recebem o apoio da população local.

O duque negou que a política francesa esteja contribuindo com a instabilidade.

Continua na próxima página

Visconde Banido Morre em Incêndio

Paris – Um incêndio na propriedade ancestral da dinastia de Boeldieu tirou a vida do único herdeiro sobrevivente da família na madrugada de ontem, encerrando a linhagem permanentemente.

O Visconde de Boeldieu nunca se casou. Ele se isolou na sua propriedade depois de ser expulso da Guilda dos Médicos e continuou com seus experimentos clínicos por conta própria. Dois dos amigos do visconde o visitaram na noite em que ele faleceu. Especula-se que a pesquisa de Boeldieu ocasionou o incêndio que reclamou sua vida.

"Quando partimos, ele nos disse que iria continuar uma experiência. E havia uma série de compostos químicos voláteis no seu laboratório", a amiga e médica-assistente, Genevieve Tournon, disse. "De Boeldieu estava muito perturbado. Tudo o que ele queria era ser médico, e nunca superou a rejeição da Guilda", comentou o médico-assistente, Julien Saunière, que também estava com Boeldieu na noite de sua morte.

O Visconde Antoine-David de Boeldieu tinha 27 anos de idade. A Guilda dos Médicos não se pronunciou sobre sua morte.

CONTOS FANTÁSTICOS DE TERROR NOTURNO FAZEM A JOVEM LADY LORRAINE REGRESSAR À FRANÇA

Vorderthal, Suíça – Isabelle Plantard de St. Clair, filha do Duque de Lorraine, apareceu no remoto vilarejo de Vorderthal nas primeiras horas da manhã. Ela estava sozinha, tremia muito e usava um vestido esfarrapado. Fazia menos de 24 horas que a menina havia chegado ao castelo do seu parente distante, o barão de Vorderthal.

"A coitadinha estava gelada como um defunto. Seu rosto tinha um olhar aturdido, mas quando entramos na igreja, ela não se conteve", disse o Padre Olivier Chattot, sacerdote da paróquia de Vorderthal.

A jovem Lady Lorraine contou ao Padre Chattot que foi atacada pelo barão e sua serviçal, uma certa Claire St. Jean. A pequena Isabelle não apresentava ferimentos, mas disse que o barão matou sua governanta.

Sua história também teve detalhes fantásticos e aterradores, como o barão se transformando em um monstro com presas, e a supracitada St. Jean assumindo a forma de um lobo.

Quando as autoridades locais chegaram ao castelo, o lugar estava deserto. Não havia evidências de um ataque violento. Lorde Vorderthal, sua criada Claire St. Jean e a governanta de Lady Lorraine não foram localizadas. O atual paradeiro dos três é desconhecido.

Mais tarde, nesse mesmo dia, as criadas do barão foram encontradas vagando pelo campo. Nenhuma delas se lembrava com clareza dos acontecimentos da noite anterior. Ninguém no vilarejo conhecia Claire St. Jean, a mulher que Lady Lorraine descreveu como a principal criada do barão.

Agora só resta aos habitantes do vilarejo de Vorderthal se perguntar que fim levou seu senhor, um barão recluso que raramente era visto nas imediações e "nunca durante o dia", segundo os moradores.

A Santa Inquisição não demorou muito para chegar ao local. Eles interditaram imediatamente a propriedade do barão e rejeitaram a história fantasiosa de Lady Lorraine.

"Obviamente, isso é fruto da mente perturbada de uma pobre jovem", declarou o Inquisidor Moricant, coordenador da investigação da Igreja. Ele não fez quaisquer especulações sobre o que ocorreu no castelo.

Lady Lorraine passa bem e deve retornar à França em breve.

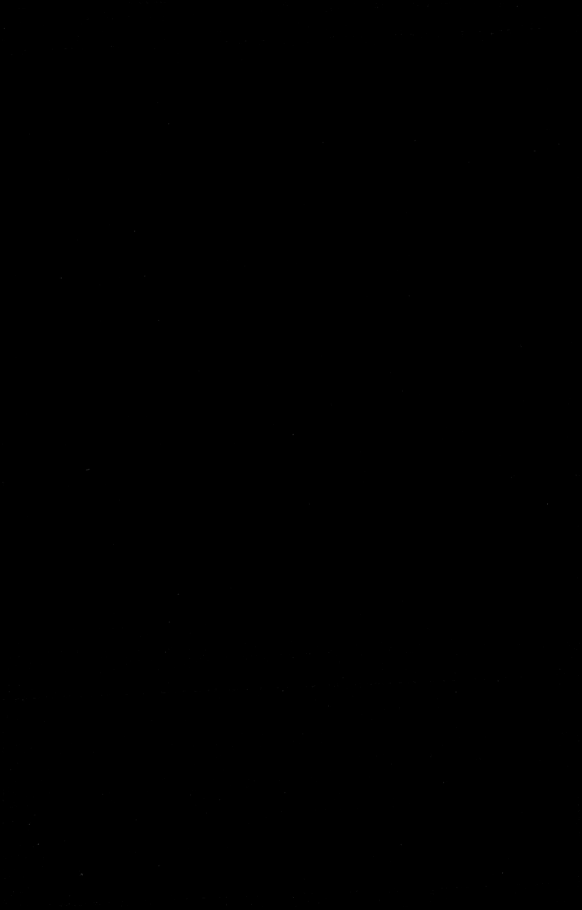

Rex Mundi Livro Cinco:
O Vale do Fim do Mundo

PARIS, 1933. A REFORMA PROTESTANTE FRACASSOU. A Europa está nas garras do feudalismo e feiticeiros se esgueiram pelas ruas durante a noite. Esse é o mundo de *Rex Mundi*.

O Duque de Lorraine, grão-mestre de uma sociedade secreta nascida nas sombras da Primeira Cruzada, tem manipulado crescentes tensões políticas para tomar o poder na França e provocar uma guerra mundial.

Seus motivos para fazer tal coisa estão ligados ao segredo do próprio Santo Graal.

O Doutor Julien Saunière se dedica a desvendar esse segredo quando um códice medieval criptografado – relacionado ao Graal – é roubado do seu velho amigo, o Padre Gérard Marin. Um misterioso assassino de terno branco elimina Marin logo em seguida, não deixando outra escolha a Saunière a não ser investigar o trágico episódio.

Com a ajuda de Genevieve Tournon, uma antiga paixão e colega de profissão, Julien descobre que o Graal não é, de fato, um cálice: trata-se da linhagem real do Rei Davi e Jesus Cristo, da qual ninguém menos que Lorraine é um descendente direto.

A investigação de Julien suscita a ira do influente Arcebispo de Sens, o chefe da Santa Inquisição em Paris.

Julien escapa do arcebispo com o auxílio de Genevieve, e os dois rumam para um vilarejo ao sul chamado Rennes-le-Chateau, que supostamente oculta o túmulo de um antigo rei da França... e a localização do lendário Castelo do Graal.

O que Julien não sabia, até recentemente, é que Genevieve está tendo um caso com Lorraine, e é obrigada a espionar Saunière enquanto tenta protegê-lo ao mesmo tempo. Além disso, ela tem uma incrível semelhança com a falecida esposa do duque, despertando sentimentos há muito adormecidos em Lorraine.

Genevieve está grávida, mas não sabe se a criança é de Lorraine ou de Julien. Quando o Homem de Branco ataca o casal em Rennes-le-Chateau, ela finalmente é exposta. E Julien a expulsa.

A situação também não está das melhores para Lorraine. Graças a uma imperdoável indiscrição por parte da sua filha única, Isabelle, o duque sofre uma derrota esmagadora nos portões de Paris. Ele, então, foge para o sul, deixando a cidade nas mãos dos prussianos...

"Bendita sois entre as mulheres, e bendito é o fruto de vosso ventre.
Quem sou eu para que a mãe de meu Senhor me visite?"

- Lucas I: 42-43

CAPÍTULO UM
VISITANTES INESPERADOS II

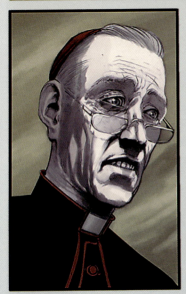

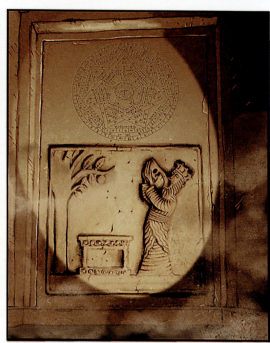

Le Journal de la Liberté

O principal jornal anglófono de Paris - vol. 205, nº 131 - 15 de DEZEMBRO, MCMXXXIII

Editores-chefes: M. Tait Bergstrom, M. Matthew Pasteris. **Editor:** M. Arvid Nelson. **Editores de Arte:** M. Juan Ferreyra. **Editor de Fotografia:** M. Alexander Waldman. **Supervisor de Layout:** M. William Kartalopoulos. **Editores Eméritos:** M. Clark A. Smith, M. Howard P. Lovecraft, M. Robert E. Howard. Editado sob a direção de Sua Excelência o Arcebispo Emile-Jean Ireneaux. O Journal de Liberté é impresso sob os benévolos auspícios de Sua Majestade Imperial Kaiser Guilherme II da Prússia.

DEUS SALVE O KAISER

TROPAS PRUSSIANAS CERCAM LORRAINE; EXÉRCITO FRANCÊS EM CARCASSONNE

Soldados prussianos distribuem comida para cidadãos parisienses agradecidos. Estamos convictos de que os itens na cesta do soldado à direita são, de fato, salsichas.

Carcassonne – Após uma catastrófica derrota e a perda de Paris, as tropas anglo-francesas sob o comando do Duque de Lorraine fugiram para o sul, sendo atacadas o tempo todo pelos invasores prussianos, em uma implacável perseguição.

O exército severamente desgastado de Lorraine refugiou-se na cidade fortificada de Carcassonne, permitindo aos prussianos a dominação irrestrita sobre quase toda a França.

"Cerca de 95 por cento da nação francesa já está nas mãos do Kaiser", disse o General Erich von Falkenhayn, comandante da força expedicionária prussiana. "É só uma questão de tempo até Lorraine ser forçado a capitular". Ele não especulou sobre o que seria da França sob a ocupação prussiana, afirmando que isso era "um juízo exclusivo do Kaiser."

A maior parte do território francês que ainda está nas mãos de Lorraine é constituída pelas Marcas Hispânicas. O Duque de Lorraine forçou a anexação das Marcas há quase dois meses, apesar das objeções do Rei Luís XXII.

Extremistas islâmicos do Emirado Cordovês assassinaram uma figura política-chave na véspera da anexação, motivando Lorraine a declarar guerra contra Córdova. Este ato levou às declarações de guerra contra a França pela Prússia, o Sacro Império Romano e o Império Otomano. A Rússia e a Inglaterra logo entraram na guerra ao lado dos franceses.

Pouco depois, Lorraine deu um golpe e tomou a coroa francesa. O atual paradeiro do Rei Luís é desconhecido.

Lorraine esperava conter o avanço prussiano em Paris, enquanto o Duque de Orleans liderava uma força expedicionária, em direção ao sul, contra o Emirado Cordovês.

Lorraine subestimou gravemente o poderio militar dos prussianos, e a situação atual do exército de Orleans é uma incógnita.

Uma vitória contra Córdova liberaria uma grande quantidade de tropas para fortalecer Lorraine, mas isso parece improvável. Relatos da campanha cordovesa são esparsos, mas a maioria indica que o avanço inicialmente acelerado de Orleans empacou graças à firme resistência dos cordoveses.

Alguns relatos sugerem justamente o contrário: que Córdova pode ter caído. Mas von Falkenhayn considera isso um "exagero".

Lorraine reduziu Paris a cinzas para privar o exército prussiano de mantimentos, mas o General von Falkenhayn negou que suas tropas estivessem exauridas ou subalimentadas.

"Sim, planejávamos reabastecer em Paris, mas a França é um país grande", ele disse. "Lorraine acabou prejudicando mais sua própria gente do que a nós mesmos."

De fato, soldados prussianos têm distribuído provisões aos cidadãos franceses sitiados. O apoio da cidade a Lorraine era enorme na primeira etapa da guerra, mas agora é mais escasso do que a comida.

Um numeroso exército do Sacro Império Romano se dirige para o sul, atravessando os territórios franceses conquistados, para ajudar em um eventual ataque a Carcassonne. Von Falkenhayn não especificou quando o ataque iria ocorrer, mas disse que Lorraine tem duas opções: "rendição incondicional ou aniquilação total."

Britânicos Saem da Guerra?

Berlim – A Rainha Elizabeth II da Grã-Bretanha, confrontada com uma situação de guerra cada vez mais desfavorável, pode discutir termos para um armistício com o Kaiser. Nem oficiais britânicos, ou prussianos, confirmaram a informação, mas se os britânicos se retirarem do conflito, isto será um golpe provavelmente fatal para o Duque de Lorraine. O exército britânico compõem grande parte das tropas de Lorraine em Carcassonne. ✠

Russos Atacam Leste da Prússia

Königsberg – Um grande exército de invasão russo iniciou uma ofensiva na Prússia Oriental. Estimativas apontam para um total de mais de 200.000 homens. As forças prussianas, combinadas com uma tropa de Cavaleiros Teutônicos, estão seguindo os passos dos invasores e vão "interceptá-los em um ponto geograficamente vantajoso", declarou Josias von Heeringen, ministro da Guerra prussiano. ✠

Províncias Italianas se Rebelam Contra o Sacro Império Romano; Aumenta a Crise

Trieste – Depois das revoltas de suas províncias sérvias, o Sacro Império Romano enfrenta outro levante, agora entre os seus súditos italianos. O Imperador Rodolfo do Sacro Império Romano negou que seu poder esteja se esfacelando. Ele disse que as várias rebeliões não afetam seu compromisso de enviar tropas ao exército prussiano que cerca o Duque de Lorraine. ✠

Aviso aos Leitores

O protetorado do Reich prussiano de Lorraine e da França setentrional assumirá a publicação do Le Journal de la Liberté, em caráter imediato. O corpo editorial do Le Journal decidiu continuar no periódico, sob a supervisão dos ocupantes. Eles prometem apresentar a cobertura noticiosa com a mesma qualidade que nossos leitores já estão habituados.

Achtung!

Os moradores de Paris devem obedecer as ordens dos militares prussianos. O descumprimento pode resultar em detenção imediata. Os toques de recolher estão em vigor até novas instruções. Os civis flagrados fora de suas residências depois do pôr do sol serão mortos. Mantenham os documentos sempre à mão.
Por decisão do Obergruppenführer Ernst von Ulrichs, Forças Armadas

15 de dezembro de 1933 — Le Journal de la Liberté — Especial

❧ Acontecimentos Recentes da Guerra ❧

A FRENTE OCIDENTAL

No oeste, o Duque de Orleans comanda uma invasão francesa ao Emirado Cordovês. O autor da estratégia de guerra da França, o Duque de Lorraine, chamou isso de "uma cruzada para expulsar o Islã da Europa Ocidental".

No início, Orleans fez um rápido progresso, capturando a estrategicamente importante cidade de Madri em um dia. Mas faz mais de duas semanas desde o último relato enviado. Comandantes prussianos acreditam que Orleans talvez encontre uma resistência mais feroz quando se aproximar da cidade de Córdova, a capital.

A FRENTE ORIENTAL

A declaração de guerra da França contra Córdova fez a Prússia declarar guerra à França. A primeira província francesa a cair depois da invasão subsequente foi o Ducado de Lorraine, as terras ancestrais do Duque de Lorraine.

Lorraine disse que esperava a perda inicial do seu ducado, mas que planejava conter os prussianos em Paris, rechaçando-os com a força combinada das tropas de Orleans, assim que eles voltassem da sua vitória relâmpago sobre os cordoveses.

Isto não aconteceu.

Uma série de espetaculares vitórias prussianas deixou boa parte da França sob domínio germânico, e as tropas desmoralizadas de Lorraine atualmente estão encurraladas na cidade de Carcassonne. Um exército austríaco está marchando pelo sudoeste francês para se juntar aos prussianos que cercam Lorraine e dar-lhe o *coup de grace*.

O EXTREMO-ORIENTE

Existe uma possível complicação para as tropas prussianas e austríacas com o surgimento de uma nova frente de combate. O Czar russo declarou guerra contra a Prússia e o Sacro Império Romano. Informes indicam que uma grande incursão russa teve início no leste da Prússia. O ministro da Guerra prussiano está confiante nas defesas no leste. Um antigo aliado da Prússia, os Cavaleiros Teutônicos, estão prontos para declarar guerra contra a Rússia. Os Cavaleiros são descendentes de uma ordem religiosa-militar fundada durante as Cruzadas. Eles controlam os portos do Báltico através dos quais a Rússia recebe boa parte dos artigos importados cruciais para seu esforço de guerra.

Mas a situação para as forças germânicas se complica ainda mais com os levantes no Sacro Império Romano. Os súditos italianos e sérvios do Imperador Rodolfo estão em franca rebelião, e há um crescente descontentamento entre os povos da Boêmia e da Galícia. ✠

O EIXO:

 Grande França

 O Império Russo

 O Reino Unido

OS ALIADOS:

 O Império Prussiano

 O Sacro Império Romano

 O Emirado de Córdova

 O Império Otomano

Soldados prussianos posicionam artilharia para um ataque iminente contra Carcassonne.

PARIS.

RENNES-LE-CHATEAU... O QUE VOCÊ ESTÁ TRAMANDO, DR. SAUNIÈRE?

Le Journal de la Liberté

O principal jornal anglófono de Paris - vol. 205, nº 131 - 22 de dezembro, MCMXXXIII

 Editores-chefes: M. Mike Richardson, M. Scott Allie. Editor: M. Arvid Nelson. Editor de Arte: M. Juan Ferreyra. Editor de Fotografia: M. Eugène Atget. Supervisor de Layout: M. Ryan Jorgensen. Editores Eméritos: M. Clark A. Smith, M. Howard P. Lovecraft, M. Robert E. Howard. Obergruppenführer Ernst Von Ulrichs, protetor de Paris. Le Journal de Liberté é impresso sob os benévolos auspícios de Sua Majestade Imperial Kaiser Guilherme II da Prússia.

Selo Imperial ✠ DEUS SALVE O KAISER ✠ de Aprovação

RENDIÇÃO IMINENTE?

Britânicos se Retiram do Conflito • Austríacos se Juntam às Tropas Prussianas que Cercam os Franceses em Carcassonne • Por Quanto Tempo Lorraine Poderá Resistir?

Prisioneiros de guerra franceses confinados em um campo fora de Paris.

Carcassonne – O Duque de Lorraine foi eleito pelo Parlamento como Primeiro-Cônsul da França logo após o início da guerra com a Prússia. Muito antes disso, ele simbolizou uma política estrangeira imperialista para expandir o domínio da França na Europa e no exterior.

Agora, menos de dois meses depois da guerra que ele começou, os exércitos franceses estão em frangalhos e a visão de Lorraine de uma Grande França encontra-se no limiar da aniquilação total.

O duque e seu exército destroçado estão encurralados na cidade sulista de Carcassonne, cercados por uma força prussiana muito superior. Os franceses se defrontam com a erradicação se Lorraine não se render em breve, segundo o alto comando militar prussiano.

"Lorraine não tem para onde escapar ou se esconder", disse o General Erich von Falkenhayn, comandante das forças prussianas na França. "Nossos termos são simples: render-se ou ser destruído."

Para piorar ainda mais a situação dos franceses, um enorme contingente austríaco se juntou aos prussianos fora de Carcassonne, elevando o número total de tropas contra Lorraine para bem mais de 150.000 homens. O número exato das forças de Lorraine é desconhecido, mas fontes dizem que não deve ultrapassar 30.000.

Ontem à tarde, os franceses sofreram outro revés: a saída de seus aliados britânicos do conflito.

Há muito que os britânicos apoiam Lorraine em sua causa para extirpar o Islã da Europa. Quando a Prússia e o Sacro Império Romano declararam guerra contra a França depois da invasão de Lorraine ao Emirado de Córdova, a Grã-Bretanha imediatamente veio em auxílio dos franceses.

Mas, face à deterioração geral da situação militar e às elevadas baixas registradas durante a malograda defesa de Paris, os britânicos propuseram uma trégua às potências germânicas.

"O conflito que abrange o continente preocupa Sua Majestade, mas ela não suporta mais o preço da cooperação", disse um porta-voz da Rainha Elizabeth da Grã-Bretanha e Irlanda.

Quando este artigo chegar aos leitores, os britânicos já terão iniciado sua retirada de Carcassonne.

Não se tem nenhuma notícia de dentro da cidade, visto que o Duque de Lorraine está completamente isolado de qualquer comunicação com o meio exterior.

O General von Falkenhayn disse que uma investida contra as posições de Lorraine podem ocorrer "a qualquer momento".

A Prússia e o Sacro Império Romano Encaram seus Problemas

É bom lembrar que o próprio exército prussiano tem sido seriamente prejudicado em sua perseguição a Lorraine através da França.

"O único motivo de ainda não termos atacado as posições de Lorraine é porque nossas provisões estão no limite", informou uma fonte do comando militar prussiano.

Lorraine deixou Paris em ruínas antes de entregá-la aos prussianos, privando-os dos suprimentos tão necessários.

"Isto é uma blitzkrieg", a fonte disse. "Era para atacarmos rápido e subsistirmos com os recursos locais. O problema é que é impossível subsistir se o local foi destruído pelo fogo."

O General von Falkenhayn descartou essas preocupações.

"Isto não é um passeio pela Floresta Negra. É uma guerra", ele disse. "Seja lá qual for a condição de nossas linhas de suprimento, a situação é muito mais grave para Lorraine."

Ele também ignorou boatos de que o exército francês do sul havia derrotado o Emirado de Córdova e se deslocava rapidamente para o norte a fim de apoiar Lorraine.

"Mesmo supondo que Córdova tenha sido dominada nesse curto espaço de tempo, o que parece improvável, Lorraine está completamente isolado. O exército do sul não pode ajudar em nada."

Não se ouve nenhuma notícia de Córdova há várias semanas.

Além disso, tropas prussianas na Pomerânia estão enfrentando uma grande ofensiva dos russos. A Rússia declarou guerra contra a Prússia e o Sacro Império Romano logo após estes terem declarado guerra à França.

"Quanto mais cedo concluirmos a campanha francesa, melhor", disse o General Paul von Hindenburg, comandante das forças prussianas que combatem os russos. "Por enquanto, estamos resistindo, mas é só uma questão de tempo."

O Imperador Rodolfo I do Sacro Império Romano se depara com um cenário de instabilidade interna generalizada como resultado da sua decisão de auxiliar a Prússia. Os seus súditos sérvios aproveitaram a eclosão da guerra para declarar independência, e os seus súditos italianos estão em revolta aberta.

Aviso aos Leitores

Devido a uma obstinada teimosia e à evidente falta de entusiasmo, todo o corpo editorial do *Le Journal de la Liberté* foi despedido. Os únicos que mantiveram seus cargos foram os MM. Nelson e Ferreyra, que se mostraram mais dispostos a acatar as ordens de seus novos patrões. O protetorado do Reich prussiano da França setentrional agradece o empenho de ambos.

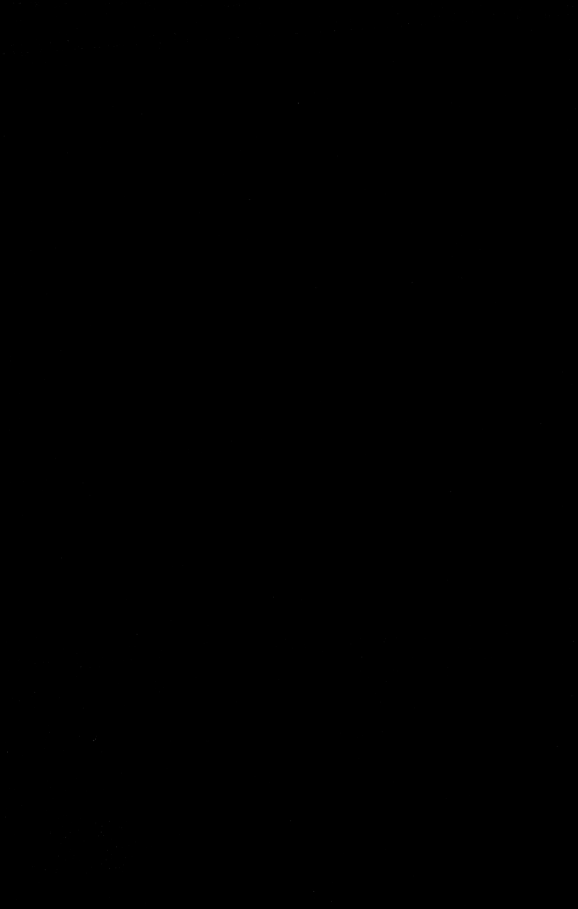

CAPÍTULO TRÊS
DELIRIUM TREMENS

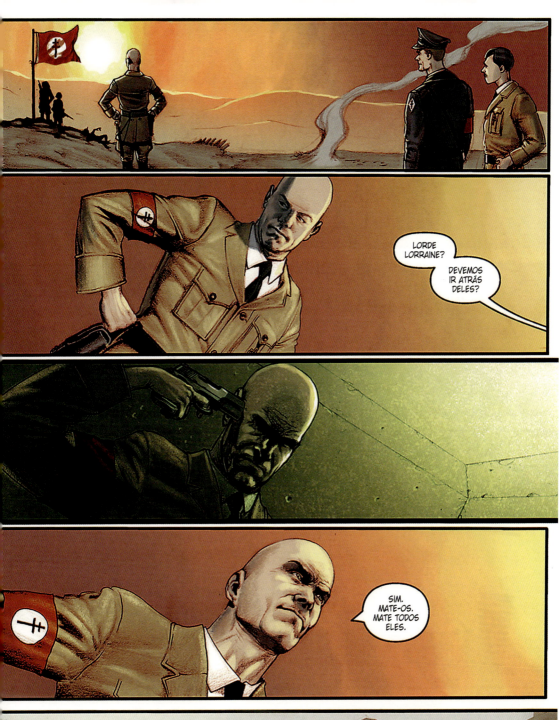

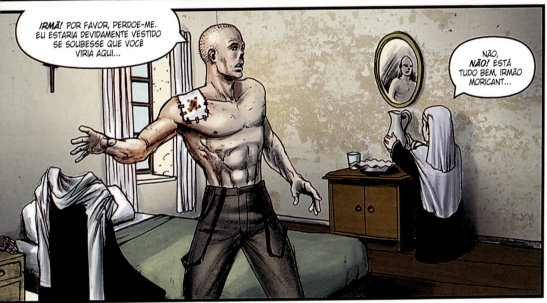

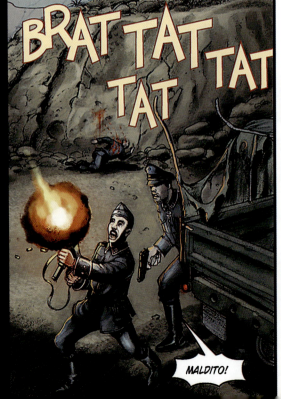

Le Journal de la Liberté

O principal jornal anglófono de Paris - vol. 205, nº 146 - 6 de janeiro, MCMXXXIII

Editores-chefes: M. Mike Richardson, M. Scott Allie, M. Ryan Jorgensen. **Editor:** M. Arvid Nelson.
Editor de Arte: M. Juan Ferreyra. **Editor de Fotografia:** M. Eugène Atget. **Supervisor de Layout:** M. Cary Grazzini. **Editores Eméritos:** M. Clark A. Smith, M. Howard P. Lovecraft, M. Robert E. Howard.
Le Journal de Liberté é impresso sob os benévolos auspícios de Sua Eminência David-Louis Plantard de St. Clair, Duque de Lorraine e Primeiro Cônsul do Império da França.

Selo Oficial do

DEUS SALVE LORDE LORRAINE

Primeiro Cônsul

GERMÂNICOS PERSEGUIDOS PELOS FRANCESES EM FLANDRES E NOS ALPES

Prussianos em Dificuldades na Pomerânia – Revoltas Irrompem no Sacro Império Romano

Couraceiros franceses escoltam prisioneiros de guerra prussianos perto de Lille.

A Frente Ocidental, Ducado de Lorraine – "Esperamos tomar Bruxelas dentro de dias", disse o Duque de Orleans, comandante das forças francesas que perseguem o acossado exército prussiano através da França. "Continuaremos a pressionar até alcançarmos o Reno."

AVISO AOS LEITORES

O corpo editorial do *Le Journal de la Liberté* imposto pelos invasores prussianos manterá seus cargos, já que seus membros decidiram respeitar as determinações editoriais de Lorde Lorraine. O Primeiro Cônsul agradece aos editores pela sua cumplicidade política. Este jornal voltará a circular com os mais elevados padrões da integridade jornalística.

Lorde Orleans evitou comentar sobre o que faria assim que chegasse à fronteira da nação germânica. "Eu não descartaria um ataque à Berlim", ele disse.

Tal declaração seria algo impensável algumas semanas atrás. Lorde Lorraine, comandante supremo do esforço de guerra francês, encontrava-se sitiado na cidade-fortaleza de Carcassonne, aguardando o que parecia ser a aniquilação certa por parte dos prussianos e austríacos.

Mas um segundo exército francês, liderado pelo próprio Orleans, se deslocou velozmente em direção ao sul para lançar um ataque surpresa contra os germânicos.

Orleans estava entusiasmado com a vitória na Península Ibérica. Seu exército destruiu o Emirado Cordovês, encerrando mais de 1.200 anos de domínio Islâmico na Europa Ocidental. Ele chegou para o ataque surpresa contra os germânicos com pouco tempo à sua disposição.

"Mais alguns dias, e estaríamos condenados", disse o Duque de Nevers, que estava com Lorraine em Carcassonne. O exército de Lorraine se encontrava fragilizado e desmoralizado após uma devastadora derrota nos arredores de Paris. Mas Lorde Lorraine é conhecido por sua tenacidade e suas táticas inesperadas.

"Um ataque surpresa de Lorraine era a última coisa que os germânicos esperavam, algo digno do próprio Alexandre", comentou Orleans. No entanto, o plano foi frustrado quando as forças britânicas que apoiavam Lorraine abandonaram o combate. "Nós contávamos com os britânicos. Sem eles, o ataque surpresa era só uma manobra desesperada", declarou uma fonte próxima a Lorraine.

Lorde Orleans disse que o sucesso do ataque surpresa foi "um verdadeiro milagre. As coisas só pioravam para o nosso lado", ele observou. "Mas o que nos faltava em número, sobrava em moral, disciplina e espírito combativo. Nossos soldados são os melhores da Europa e do mundo."

Os exércitos combinados da Prússia e do Sacro Império Romano, esgotados por causa da marcha forçada através da França, foram completamente surpreendidos pela investida.

"Existem casos em que a superioridade numérica pode ser um estorvo. Quanto maior um exército, mais lento se torna para responder", disse o Gen. Batiste Millrand, um dos principais comandantes de Lorraine. "Nós os esmagamos", acrescentou.

Os exércitos prussiano e austríaco agora se encontram na mesma situação que Lorraine estava há poucas semanas: em fuga e totalmente desorganizados.

"Os prussianos estão tentando desesperadamente se reorganizar para recuar pela planície de Flandres, mas estamos caçando-os implacavelmente", Orleans disse.

"Nós estamos perseguindo os austríacos pelos Alpes. Logo, eles estarão literalmente entre a espada e a parede", o Duque de Nevers comentou.

Elizabeth II, a monarca britânica, enviou um representante a Paris para congratular Lorde Lorraine.

"Sua Majestade espera que Lorde Lorraine entenda que o armistício com os prussianos era o único curso de ação racional para os britânicos", declarou Sir Winston Churchill, um porta-voz da coroa britânica.

Mas as chances de reconciliação parecem remotas. "A saída dos britânicos em Carcassonne foi extremamente desagradável", disse um porta-voz de Lorraine. "Estamos avaliando todas as nossas opções para determinar a resposta apropriada."

Lorde Lorraine se recusou a receber o emissário inglês.

6 de janeiro de 1933 — **Le Journal de la Liberté** — *Especial*

✤ Acontecimentos Recentes da Guerra ✤

Mais Problemas para a Prússia e o Sacro Império Romano

As forças armadas e os destinos políticos da Prússia e da Áustria-Hungria sangram diariamente, sem um fim à vista.

Enquanto tropas francesas "perseguem energicamente" o que resta do exército ocidental da Prússia, tropas russas ocuparam grande parte do leste prussiano, incluindo o vital porto de Danzig, no mar Báltico.

"Eles estão sendo espremidos nas duas pontas", declarou o Duque de Nevers, um confidente próximo do Duque de Lorraine.

"O exército russo é como um trem: demora a sair, mas é difícil de ser parado quando está em movimento. E agora está ganhando velocidade", disse o Cel. Ferand Sabouret, um especialista russo da École Militaire em Fontainebleau.

Os planejadores militares prussianos dependiam dos Cavaleiros Teutônicos para neutralizar a ofensiva russa, mas a ordem medieval, responsável por grande parte da costa báltica nas regiões orientais do Império Prussiano, ruiu diante do avanço russo.

"Eles também contavam com um golpe de misericórdia certeiro na França, mas agora a mesa virou", Sabouret disse.

"Se a situação não mudar drasticamente nas próximas semanas, eles deveriam pensar em um acordo de trégua conosco", afirmou uma fonte da assessoria de Lorde Lorraine.

Se a Prússia está sendo esmagada por forças externas, o Sacro Império Romano desmorona de dentro para fora.

O Imperador Rodolfo do Sacro Império Romano (S.I.R.) enfrenta uma desordem interna generalizada. As revoltas se alastram por toda parte, da Boêmia até a Itália e Sérvia.

Diz-se que tropas russas estão ajudando rebeldes sérvios, enquanto nacionalistas italianos recebem reforço militar dos franceses.

"A França apoia os direitos à autodeterminação dos súditos italianos do Sacro Império Romano", um porta-voz do Duque de Lorraine afirmou.

A decisão do S.I.R. de entrar em guerra junto com sua antiga aliada, a Prússia, contra a Rússia e a França se tornou impopular entre seus súditos etnicamente distintos.

"Muitos dos integrantes do S.I.R. veem os imperadores da Casa de Habsburgo como tiranos estrangeiros", disse Lorde Nevers.

A devastadora derrota das tropas austríacas fora de Carcassonne diminuiu consideravelmente o apoio ao Imperador Rodolfo entre os povos irrequietos do S.I.R..

Se o Imperador Rodolfo ainda dispõe de poderio militar para restaurar seu império disperso e poliglota é uma questão em aberto. Membros dos legislativos das províncias da Hungria e da Boêmia aprovaram resoluções exigindo sua renúncia.

"É bem possível que estejamos testemunhando o fim da dinastia dos Habsburgos", disse Lorde Nevers.

O que seria apenas mais um item na crescente lista de baixas da guerra em plena expansão.

Soldados prussianos inspecionam metralhadora russa confiscada durante combate na Pomerânia. As defesas prussianas se rendem diante do poder russo.

O EIXO: ✠ Grande França — 🦅 O Império Russo

OS ALIADOS: O Império Prussiano — ✠ O Sacro Império Romano — ☪ O Império Otomano

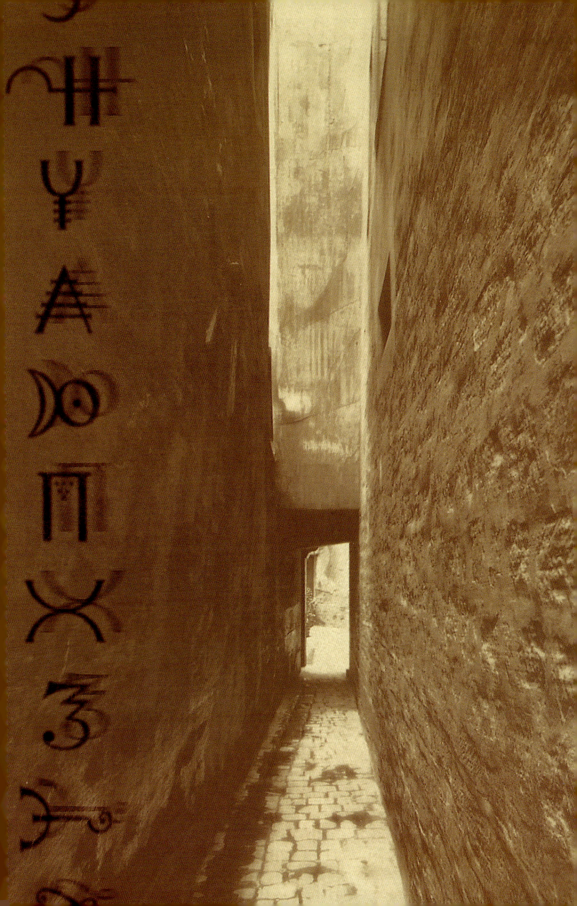

(*) VAMOS À ORAÇÃO.   (**) VAMOS À MELHOR DAS PRÁTICAS.

*DEUS LHE CONCEDA PROTEÇÃO E SEGURANÇA.

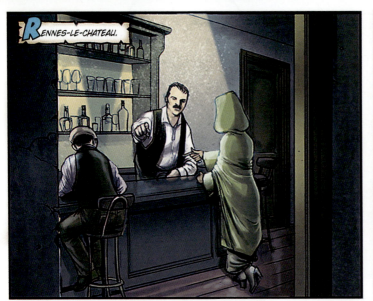

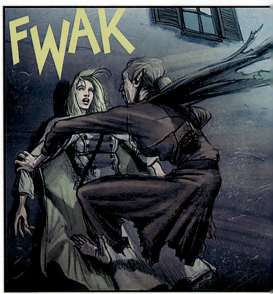

Le Journal de la Liberté

O principal jornal anglófono de Paris - vol. 205, nº 157 - 17 de janeiro, MCMXXXIV

Editores-chefes: M. Mike Richardson, M. Scott Allie, M. Ryan Jorgensen. **Editor:** M. Arvid Nelson. **Editor de Arte:** M. Juan Ferreyra. **Editor de Fotografia:** M. Eugène Atget. **Supervisor de Layout:** M. Cary Grazzini. **Editores Eméritos:** M. Clark A. Smith, M. Howard P. Lovecraft, M. Robert E. Howard. Le Journal de Liberté é impresso sob os benévolos auspícios de Sua Eminência David-Louis Plantard de St. Clair, Duque de Lorraine e Primeiro Cônsul do Império da França.

Selo Oficial do

✣ **DEUS SALVE LORDE LORRAINE** ✣

Primeiro Cônsul

FRANCESES RETOMAM O DUCADO DE LORRAINE: VINGANÇA EM NOME DO PRIMEIRO CÔNSUL

Lorraine Confisca Propriedade da Igreja na França; Papa O Excomunga

Paris, França – Ontem pela manhã, o Duque de Lorraine tomou toda a propriedade da Igreja na Grande França. Um gesto tão ousado contra a Igreja não é visto na França desde o turbulento reinado de Filipe IV na Idade Média.

As tropas francesas encontraram pouca resistência ao entrar nos mosteiros e igrejas. A aquisição significa que agora Lorde Lorraine controla a propriedade eclesiástica no império cada vez maior da França.

O Papa Pio XI condenou a apropriação e assinou o decreto de excomunhão de Lorraine.

"Rezamos para que Lorde Lorraine se arrependa de seus pecados e devolva à Igreja seus bens de direito", disse o Núncio Papal Adolfo Bastianich. Mas Lorraine não parece disposto a voltar tão cedo ao altar para receber vinho e hóstias.

O Barão Robert Teniers, um porta-voz de Lorraine, minimizou a importância do embargo, afirmando que a propriedade confiscada estava sendo mantida "em caráter fiduciário".

Teniers disse que o primeiro cônsul devolveria a propriedade "quando julgar mais apropriado". Ele informou que Lorraine não quis se comprometer com uma data específica.

Funcionários da Igreja na França relutavam em falar sobre a dramática reviravolta, mas aqueles que o fizeram manifestaram uma grande preocupação em relação ao futuro da civilização cristã.

"Se a santidade da Igreja for profanada, a ordem social virá abaixo", comentou um sacerdote, que pediu anonimato.

continua na página A5

Soldados franceses no Ducado de Lorraine param para um breve (e frio) repasto antes de voltar à luta. "Já que os hunos saíram da nossa nação, por que não invadir o território deles?", indagou um oficial francês.

A Frente Ocidental, Ducado de Lorraine – Tropas francesas estão recuperando territórios dos prussianos com a mesma rapidez que os perderam nas primeiras semanas da guerra. No que certamente foi um exultante triunfo pessoal para o Duque de Lorraine, seu domínio feudal está, mais uma vez, sob a soberania da França.

Cidadãos de Bruxelas e da Antuérpia saudaram os soldados franceses com aplausos e flores quando eles desfilaram pelas ruas das cidades recém-libertadas.

Há algumas semanas, a vitória absoluta das potências aliadas da Prússia e da Áustria parecia algo inevitável. Mas tudo mudou quando tropas francesas se mobilizaram na cidade de Carcassonne e impuseram uma fragorosa derrota aos invasores.

Agora o Duque de Lorraine está no encalço dos prussianos em retirada através da planície de Flandres, enquanto o Duque de Nevers persegue os sobreviventes das tropas austríacas pelos Alpes.

E a França não pretende se restringir à expulsão dos invasores.

"Já que os hunos saíram da nossa nação, por que não invadir o território deles?", declarou o Gen. Philippe LeMay, integrante da equipe de comando de Lorde Nevers. Este sentimento é amplamente compartilhado por membros do alto comando das forças armadas de Lorraine.

"Não estamos apenas à beira do Reno. Estamos prestes a cumprir nosso destino", disse o Duque de Orleans. "Não queremos nada menos que uma Europa cristã unificada. Um império, um líder, uma religião. Esta é a responsabilidade que Deus nos confiou."

Na frente oriental, a situação também não é das melhores para os prussianos. Uma grande força de invasão russa vem, lenta porém inexoravelmente, ganhando terreno na região oriental da Prússia.

Além disso, o Czar não tardará a abrir uma segunda frente para o Sacro Império Romano-Austríaco. A Rússia há muito defende a independência da província sérvia do Império Austro-Húngaro. Com a Sérvia em franca revolta, e com as forças armadas austríacas em desordem, o momento pode ser perfeito para os russos lançarem uma ofensiva.

"Que fique bem claro: este é o pior dos cenários para os prussianos e os austríacos", LeMay afirmou. Ele estima que o armistício, ou até a rendição total, seja "apenas uma questão de tempo".

Os militares franceses se sentem tão confiantes que já direcionam sua atenção para além da Europa. Lorde Lorraine transformou seu desejo de iniciar uma "nova cruzada" pela Terra Santa na principal plataforma da sua agenda política.

"A unificação da Europa é só o primeiro passo", Lorraine disse. "A França irá anunciar o Reino de Deus. Mas, para isto acontecer, Cristo deve voltar a reinar em Jerusalém."

✣

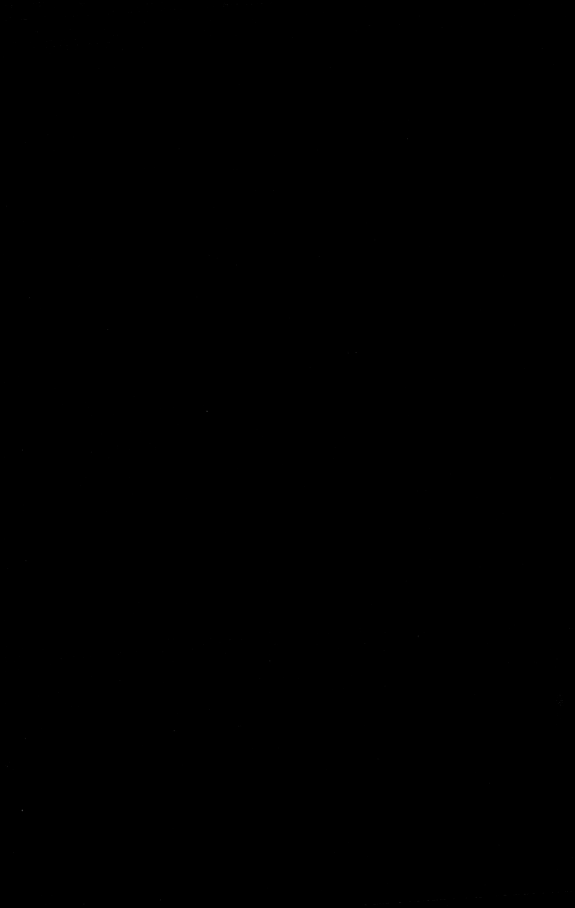

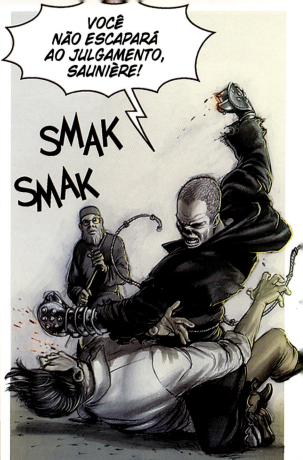

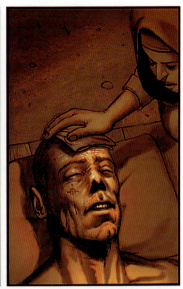

Le Journal de la Liberté

O principal jornal anglófono de Paris - vol. 205, nº 171 - 1º de fevereiro, MCMXXXIV

Editores-chefes: M. Mike Richardson, M. Scott Allie, M. Ryan Jorgensen. **Editor:** M. Arvid Nelson. **Editor de Arte:** M. Juan Ferreyra. **Editor de Fotografia:** M. Eugène Atget. **Supervisor de Layout:** M. Cary Grazzini. **Editores Eméritos:** M. Clark A. Smith, M. Howard P. Lovecraft, M. Robert E. Howard. *Le Journal de Liberté* é impresso sob os benévolos auspícios de Sua Eminência David-Louis Plantard de St. Clair, Duque de Lorraine e Primeiro Cônsul do Império da França.

Selo Oficial do — **DEUS SALVE LORDE LORRAINE** — Primeiro Cônsul

O cruzador prussiano Wiesbaden afunda sob a artilharia francesa. Marujos se amontoam sobre o costado, aguardando um destino incerto.

MOVIMENTO PELA "UNIFICAÇÃO FRANCA" CRESCE NA PRÚSSIA E NA ÁUSTRIA

Hamburgo, Prússia – À medida que o exército francês continua sua marcha pelo território prussiano, mais e mais dos súditos do Kaiser reconsideram sua lealdade.

O Duque de Lorraine, Primeiro Cônsul da França, fez um discurso público no parque da cidade de Hamburgo ontem para uma multidão estimada em mais de 100.000 pessoas.

Lorraine disse que seu objetivo era reunir os povos germânico e franco em um "novo Sacro Império Romano, um legítimo Sacro Império Romano."

"Somente juntos podemos reivindicar o direito inato da nossa raça", ele disse em seu discurso.

Essa ideia de "unificação franca" agrada a muitas pessoas, tanto dentro da França como nos territórios recém-conquistados da França. Cada vez mais, prussianos e austríacos veem Lorraine não como um conquistador, mas, sim, como um unificador.

"Temos herança e destino raciais comuns", Lorraine declarou. "Todos somos descendentes dos guerreiros sagrados que conquistaram Jerusalém em nome de Cristo na Primeira Cruzada. Nós somos francos."

"Lorraine é um líder", disse Udo Gnab, um diarista que estava na praça. "Quando eu o ouço, quero fazer parte de algo maior do que eu mesmo."

"Por que devemos lutar entre nós? Não é exatamente isso o que os muçulmanos e os judeus que-

rem?", disse Josef Odemar, um dono de hotel. "Nossa cultura está ameaçada. É hora de reagir."

Lorraine recorre a uma inerente desconfiança popular em relação ao Kaiser prussiano.

"O povo germânico não queria guerra com a França. Sabemos que só lutaram por imposição de um tirano corrupto. Nós mesmos, recentemente, eliminamos uma monarquia decadente", ele disse.

As tropas francesas têm tratado com gentileza o território prussiano que está sob seu controle, distribuindo alimentos e combustíveis desesperadamente necessários, e propiciando segurança e ordem pública. Isto tudo apesar do início devastador da guerra, quando o exército prussiano capturou Paris e quase derrotou Lorraine em Carcassonne.

A misericórdia e generosidade dos franceses contrastam de forma gritante com o imenso exército russo que está invadindo a Prússia pelo leste.

As forças prussianas que tentavam impedir o avanço cederam à pressão, e uma avalanche de refugiados se dirigiu para o oeste, trazendo consigo histórias de terríveis atrocidades cometidas pelos russos.

"Eles nos tratam pior do que animais. Nenhuma de nossas mulheres escapou de seus abusos", disse Ernst von Stein, prefeito da cidade de Heilsburg, no leste prussiano. Os russos saquearam o lugar.

Notícias sobre a brutalidade russa

só aumentam o interesse na ideia da unificação franca. Embora a França e a Rússia sejam aliadas, essa situação pode mudar logo mais.

"Juntos, prometo que colocaremos os eslavos no seu devido lugar", Lorraine disse.

"A Rússia esmagaria a França num conflito armado em larga escala. Os comentários de Lorraine, portanto, são extremamente arrogantes", disse o ministro de Guerra russo.

Lorraine não se mostrou preocupado. "O sangue de um camponês franco é mais nobre do que todos os czares da Rússia", ele disse.

De fato, os súditos da Áustria-Hungria e do Império prussiano podem, em breve, não ter outra alternativa à proposta de unificação de Lorraine. E muitos não veem a hora desse dia chegar.

Vitória Decisiva Francesa Contra Frota Combinada Alemã na Costa da Dinamarca

Mar do Norte – Uma frota combinada prusso-austríaca combateu a Marinha francesa durante vários dias em uma titânica batalha nas águas geladas do Mar do Norte. As duas frotas totalizavam mais de 200 navios entre uma e outra.

Foi a maior batalha naval da História contemporânea.

O confronto começou quando o Vice-Almirante Ludwig von Reuter forçou a passagem da frota francesa, comandada pelo Almirante François Joseph Paul de Grasse, através de uma flotilha de submarinos e em direção ao imenso poder de fogo da frota principal.

Mas o Almirante de Grasse contornou a armadilha e atacou a ligeiramente superior frota germânica ao entardecer do dia 29 de janeiro.

O número de mortos chega aos milhares dos dois lados, mas, no fim, os germânicos sofreram mais profundamente e foram obrigados a bater em retirada. Os franceses afundaram 14 navios, incluindo três cruzadores, e perderam apenas nove de suas embarcações, incluindo um cruzador.

"Isto obviamente encerra a disputa pelo alto mar", disse o Almirante de Grasse.

A vitória naval é a mais recente
Continua na próxima página

Camponeses do leste prussiano expulsos de seus lares, agora vivendo em um abrigo rústico. Os civis sofrem com o avanço russo pela Prússia.

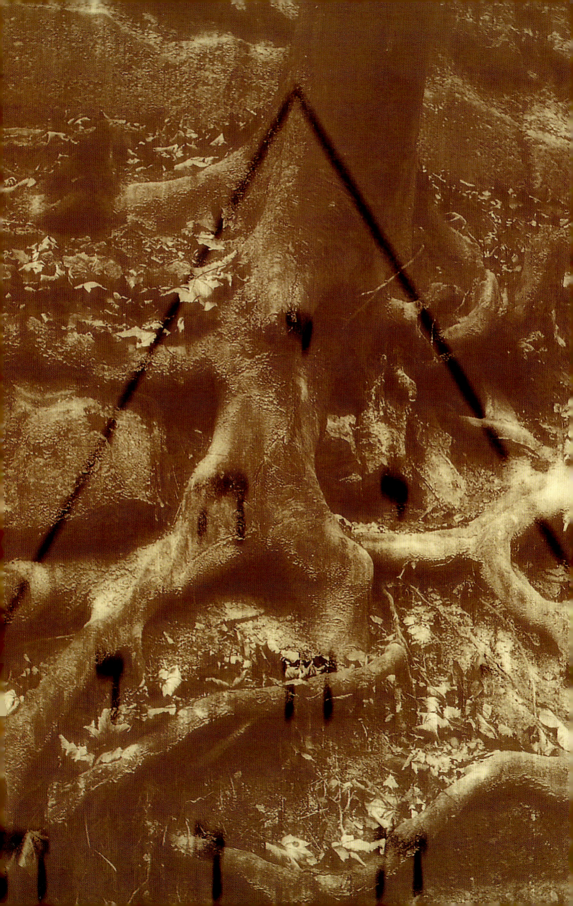

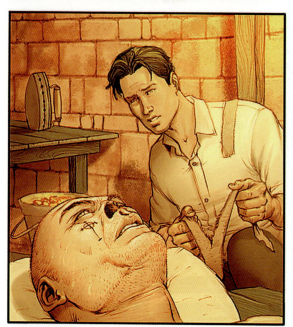

NÃO SEI AO CERTO. ACHO QUE NINGUÉM SABE.

SÓ EXISTEM HISTÓRIAS, PASSADAS DE GERAÇÃO EM GERAÇÃO NA MINHA FAMÍLIA.

SEGUNDO UMA DELAS, ISTO AQUI APARECEU PARA MOISÉS QUANDO DEUS FALOU COM ELE NO DESERTO.

É FÁCIL ENTENDER PORQUE ALGUÉM PODERIA CONFUNDIR COM UM **ARBUSTO EM CHAMAS**.

OUTRA VERSÃO DIZ QUE A RAINHA DE SABÁ ENTREGOU AS MAÇÃS AZUIS A SALOMÃO - JUNTO COM O SEGREDO DO VINHO - EM TROCA DA **ARCA DA ALIANÇA**.

COMO OU ONDE **ELA** AS ENCONTROU, EU JÁ NÃO SEI.

MAS **ESTA** É MINHA HISTÓRIA FAVORITA:

O FILHO DE DAVI, ABSALÃO, SE REBELOU CONTRA O PAI DEPOIS DO ESTUPRO DA SUA IRMÃ.

MUITOS DA JUDEIA E DE ISRAEL SE JUNTARAM A ABSALÃO, MAS DAVI ESMAGOU A REVOLTA.

ABSALÃO FUGIU, E SEU CABELO COMPRIDO FICOU PRESO EM UMA ÁRVORE. NÃO EM UM **CARVALHO**, COMO DIZ O LIVRO DE SAMUEL.

ERA UMA ROMÃZEIRA.

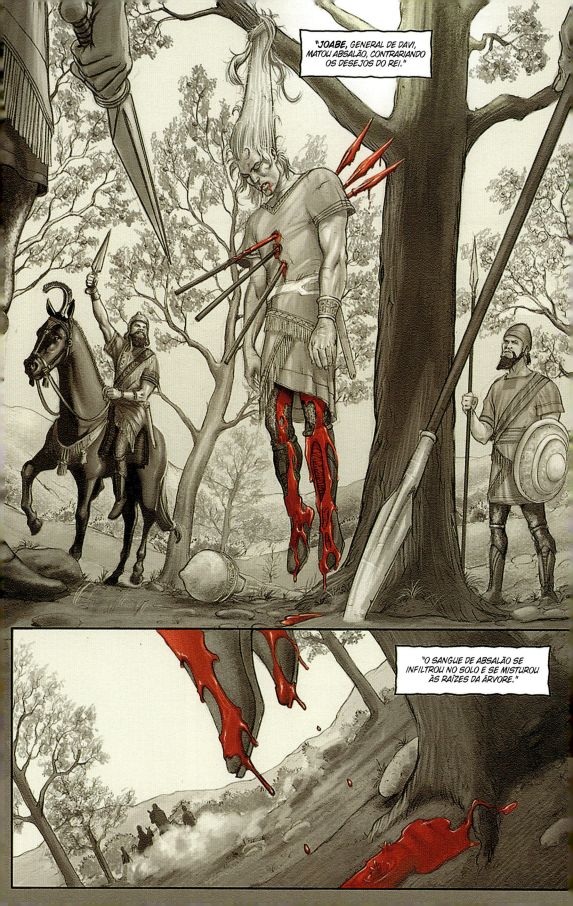

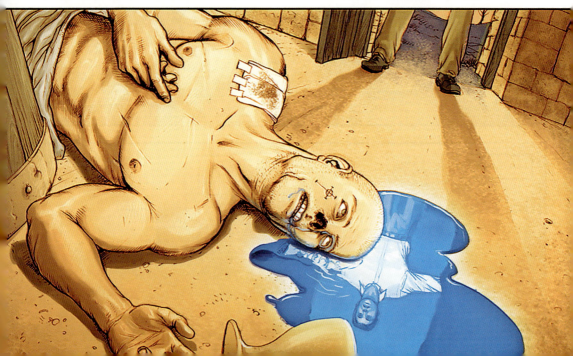

3 DE FEVEREIRO DE 1934. TROPAS FRANCESAS ATACAM O REICHSTAG*. O **IMPERADOR GUILHERME II DA PRÚSSIA** RENUNCIA À FORÇA.

*PRÉDIO QUE ABRIGA O PARLAMENTO ALEMÃO.

7 DE FEVEREIRO.

EM VIENA, MILÍCIAS PRÓ-FRANCO MATAM O **IMPERADOR DO SACRO IMPÉRIO ROMANO, RODOLFO I.**

14 DE FEVEREIRO.

PARIS.

Le Journal de la Liberté

O principal jornal anglófono de Paris - vol. 205, nº 157 - 15 de fevereiro, MCMXXXIV

Editores-chefes: M. Mike Richardson, M. Scott Allie, M. Ryan Jorgensen. **Editor:** M. Arvid Nelson. **Editor de Arte:** M. Juan Ferreyra. **Editor de Fotografia:** M. Eugène Atget. **Supervisor de Layout:** M. Cary Grazzini. **Editores Eméritos:** M. Clark A. Smith, M. Howard P. Lovecraft, M. Robert E. Howard. Le Journal de Liberté é impresso sob os benévolos auspícios de Sua Eminência David-Louis Plantard de St. Clair, Duque de Lorraine e Primeiro Cônsul do Império da França.

Selo Oficial do

Primeiro Cônsul

DEUS SALVE LORDE LORRAINE

REI DO MUNDO

Lorraine é coroado Imperador dos Francos, e se casa com sua companheira, Lady Genevieve Tournon

FROTAS SE AGRUPAM NO MAR EGEU E CANAL DA MANCHA

Paris – Foi uma coroação que o mundo não tem visto desde a Roma Antiga.

David-Louis Plantard de St. Clair se coroou Imperador dos Francos, ontem, na catedral de Notre Dame de Paris. Membros das Casas Reais de Hohenzollern e de Habsburgo-Lorraine compareceram para jurar fidelidade ao seu novo imperador.

Ao mesmo tempo, Lorraine se casou com sua companheira de longa data, a Dra. Genevieve Tournon. A união representa, nas palavras do Duque de Nevers, "a fundação de uma dinastia de mil anos para governar um legítimo e eterno Sacro Império Romano."

A catedral ainda tem marcas da devastação sofrida durante o ataque prussiano contra Paris meses antes. Mas as aberturas recortadas nas paredes concederam um raio de luz do sol, iluminando claramente Lorraine e sua nova imperatriz.

"Esse foi apenas mais um dos detalhes especiais do romance de contos de fadas entre Lorraine e Lady Genevieve", disse a colunista social Emmuska Orczy.

A coroação acontece depois de muitos reveses para Lorraine. Ele foi empurrado para a guerra contra a Áustria e a Prússia e, em seguida, viu-se obrigado a abandonar Paris.

"Genevieve me apoiou durante meus momentos de adversidade", Lorraine disse. "Ela será uma ótima esposa e uma digna imperatriz."

De fato, Lorraine reanimou seus soldados desmoralizados e derrotou os exércitos invasores. E logo as tropas francesas marchavam por Berlim e Viena.

"Não queríamos entrar em guerra com nossos companheiros de raça, a nação germânica", Lorraine disse. "E agora nosso povo finalmente está unido sob um imperador."

A primeira esposa de Lorraine faleceu em 1920, em decorrência de uma moléstia grave. Sua filha, Isabelle, não pôde ir à cerimônia devido a "compromissos urgentes fora da cidade."

RUSSOS SE RECUSAM A CEDER TERRITÓRIOS CONQUISTADOS EM RECENTE OFENSIVA

Danzig – A Rússia e a França são aliados nervosos. Agora, as tensões entre as duas nações estão se acumulando por causa dos territórios que a Rússia adquiriu no seu avanço pela Prússia Oriental.

A Prússia se uniu à França sob a bandeira do recém-fundado Império Franco. Os territórios tomados pelos russos, que outrora pertenciam ao kaiser, agora são de Lorde Lorraine, que exigiu a paralisação imediata da ofensiva russa e a retirada para fronteiras anteriores à guerra.

As tropas russas suspenderam suas operações enquanto o Czar "avalia suas opções", segundo Yuri Zolutkin, o porta-voz do czar. Mas a força invasora não se retirou das linhas de frente.

Lorde Lorraine está enviando reforços militares franceses para as tropas germânicas na frente oriental. "Quanto maior a demora, mais tempo eles terão para se entrincheirar", disse o Duque de Orleans.

Continua na próxima página

Canal da Mancha – Centenas de navios de guerra franceses estão se reunindo ao largo da costa da Inglaterra e da Ásia Menor.

"As manobras da frota não devem ser consideradas como o prenúncio de uma invasão", afirmou Vicomte Jean-Paul de Grasse, secretário da Marinha Imperial francesa.

Mas as tensões entre a Grã-Bretanha e a França têm sido elevadas desde que a Rainha Elizabeth retirou as tropas britânicas do cerco de Carcassonne. Muitos no Ministério Imperial de Guerra francês querem uma guerra com a Inglaterra.

"A Inglaterra é uma nação de comerciantes", Lorde Lorraine disse em um discurso feito há poucos dias no Colégio Militar Imperial.

A movimentação naval se segue à decisiva vitória contra uma frota combinada prusso-austríaca. A Prússia e a Áustria agora fazem parte do Império de Lorraine em expansão continental, e suas frotas estão sendo incorporadas a uma força naval combinada da França.

"A frota francesa será a maior e mais formidável força do alto mar. A era da dominação naval britânica acabou", Vicomte de Grasse disse.

O Império Otomano também pode estar na mira dos objetivos imperiais de Lorraine. Ele fez da colonização da Terra Santa um importante marco de suas ambições de política externa desde os seus primeiros dias como porta-voz do Bloco da Espada.

Embora os turcos otomanos fossem aliados das potências germânicas, Lorraine declarou "nula e sem efeito" a parceria.

"Cristo reinará de novo em Jerusalém", Lorraine disse.

Encouraçados franceses perto do porto otomano fortificado de Smyrna.

Coluna Social

Treze da Sorte

Esqueça o mundo de brilho e glamour das celebridades internacionais. Toda a agitação nos dias de hoje se concentra na política americana! Das ensolaradas baías pantanosas dos Estados Confederados da América até as movimentadas cidades da República Federalista no Norte, os pepinos não param de brotar. Será que estamos falando de uma complexa crise política com profundas implicações para o futuro? É claro que não! O que você acha que somos? Nós estamos falando de sexo!

Isso mesmo! Governadores de todos os cantos dos antigos Estados Unidos estão se metendo em apuros do jeito mais antigo conhecido pelo homem: deixando a cabeça de baixo mandar na de cima. O representante mais proeminente do grupo é Eliazer Schutzer de Nova York, que pagou quinze dólares por uma noite com uma acompanhante um pouco mais velha que sua primogênita.

Quinze dólares? É muito mais que a maioria dos americanos ganha em uma semana inteira!

Parece que Schutzer já havia visitado a jovem dama em questão treze vezes, quando os investigadores descobriram porque ele estava movimentando secretamente grandes somas em dinheiro das suas contas pessoais.

"Achávamos que tinha algo a ver com propina ou corrupção", disse um agente que trabalha no caso. "Imagine nossa surpresa ao descobrir que eram só meretrizes!"

As revelações são ainda mais surpreendentes porque Schutzer fez nome promovendo uma cruzada contra monopólios corporativos. Ele até estava tentado desbaratar uma rede de prostituição enquanto levava a cabo seus encontros românticos pagos por hora.

> "ACHÁVAMOS QUE TINHA ALGO A VER COM PROPINA OU CORRUPÇÃO. IMAGINE NOSSA SURPRESA AO DESCOBRIR QUE ERAM SÓ MERETRIZES!"

Mesmo assim, os nortistas expressam frustração diante desse furor, tendo em vista especialmente a má conduta dos senadores dos E.C.A., Harold Craig e Marcus Foley, ambos acusados de obscenidades homossexuais. No caso de Foley, por molestar mensageiros de quinze anos de idade no capitólio de Richmond, Virginia.

"Falem o que quiser, mas pelo menos, no Norte, nossos escândalos sempre envolvem mulheres adultas", disse um descontente legislador de Connecticut.

Quem Procura Acha

As coisas ficam cada vez mais esquisitas para o famoso apresentador americano Thompson Cruz. Primeiro foi seu... súbito casamento com a jovem estrela Kaitlin Combs; depois uma... animada série de surtos em público e agora, a mais recente de todas: o lançamento não autorizado de um filme "particular" em que o galante astro exalta as virtudes de suas exóticas crenças espirituais.

As pessoas reagiram à película – que já virou uma febre em todas as salas privativas de exibição espalhadas pela Europa e América – com um misto de divertimento e perturbação.

"Não entendo nada do que ele fala", um espectador disse. "Mas parece ser algo muito importante para o sujeito."

O filme foi concebido como um documentário "exclusivo para membros" voltado para a religião de Cruz, a Mormontologia™. Algumas pessoas acham que a ampla divulgação da peça levanta sérias questões a respeito da nova crença de Cruz, criada nos anos 1800 pelo autor-americano-de-romances-baratos-transformado-em-profeta, Joseph Ron Smithard.

"Acho que ninguém sabe muito bem no que os adeptos da Mormontologia™ acreditam de verdade", disse o especialista em religião Clarence Darrow. "É alguma coisa a respeito de Jesus se teleportando para o Novo Mundo a fim de aniquilar espíritos alienígenas malignos mortos-vivos em vulcões há quatro trilhões de anos.

> "NUNCA ADOTE UMA RELIGIÃO FUNDADA NA AMÉRICA POR UM BRANCO."

"Eu só sei disso: nunca adote uma religião fundada na América por um branco."

Alguns Contos de Fadas se Realizam

Será que o sonho nunca vai acabar para Genevieve Tournon, a garota do lado menos prestigiado da cidade que deu a volta por cima?

Tudo começou como um tórrido romance com o sensual e calvo Duque de Lorraine. "Não sei o que ele tem de especial", disse uma das damas de companhia de Lady Genevieve. "Talvez seja sua determinação. Talvez sejam seus músculos, ou até mesmo os uniformes elegantes. Eu só sei que as mulheres perdem o fôlego ao ver o brilho refletido da sua lustrosa careca. Lorde Lorraine é um pão!"

E o que teve início como uma atração animal cresceu até virar amor eterno. Genevieve Tournon tornou-se Lady Genevieve, ontem, ao desposar Lorraine numa cerimônia espetacular em Notre Dame.

"Lady Genevieve passa a viver a fantasia de qualquer mulher: uma garota de origem humilde se apaixona loucamente pelo belo príncipe, que faz dela sua princesa. É um conto de fadas da vida real tão glamoroso que deixa a fábula da Bela e a Fera no chinelo!", disse a socialite Madame Marie de Tourvel.

Será que tudo isso vem junto com o ressentimento da população? Nem pensar! A recém Lady Lorraine está provando ser um grande sucesso entre as massas, atraindo multidões de admiradores depois da cerimônia de ontem.

"As pessoas se espelham nela. É como se ela estivesse fazendo isso por todos nós!", disse um simpatizante.

Lady Genevieve já está sendo saudada como a "imperatriz do povo". E, segundo rumores, a princesa do povo pode estar carregando no ventre o filho de Lorraine!

"Isso não tira em nada a beleza dessa história", disse a Madame Tourvel. "Na verdade, só torna tudo ainda mais doce. É parte do conto de fadas."

O futuro parece próspero para Lady Genevieve... e seu bebê!

A Estrela Americana Ashleigh Timmsdale Declara: "Chega de Plástica".

A estrela da popular cinessérie "Primário Musical" disse que não quer mais saber de cirurgias plásticas. Em um assunto similar, milhares de crianças morrem de fome todos os dias na África!

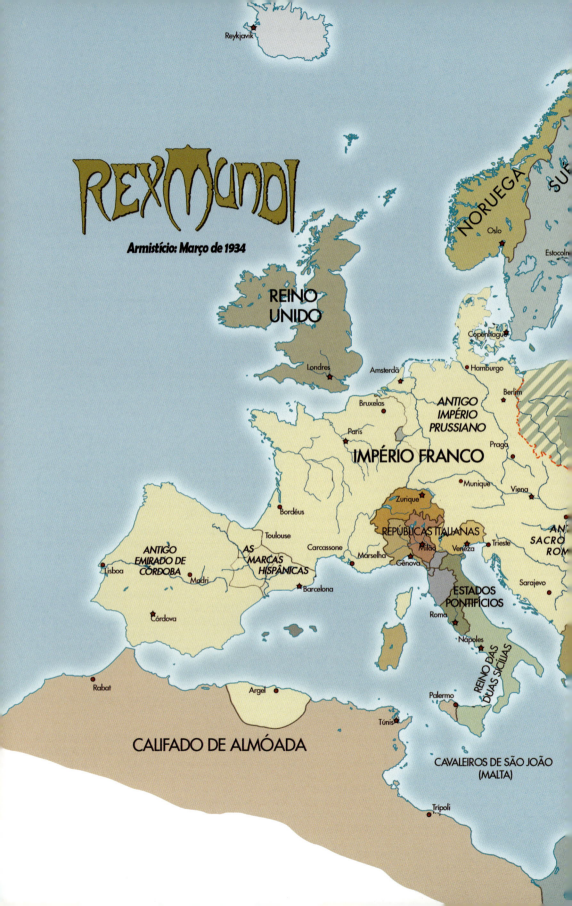

FRAGILIDADE

introdução de Arvid Nelson

Saudações, caro leitor, estamos chegando ao final do penúltimo volume de *Rex Mundi*. Já faz tempo que este trabalho tem sido um ato permanente de devoção na minha vida.

Falando em devoção...

O Scott, meu editor, pediu-me para produzir uma história de *Rex Mundi* de Dia dos Namorados para o *MySpace* em 2007. "Fragilidade" é o resultado disso: um poema curto, um pequeno fragmento do passado de Julien e Genevieve.

Tentei mostrar algumas das coisas que Julien e Gen gostavam um no outro quando eram jovens... e algumas das coisas que os fizeram se separar.

Até aqui você já deve ter gastado mais tempo lendo esta introdução do que vai demorar para ler "Fragilidade". Então, não desperdiçarei mais seu tempo. Obrigado por folhear o Livro Cinco.